Les chatons magiques

Une jolie surprise

L'auteur

La plupart des livres de Sue Bentley évoquent le monde des animaux et celui des fées. Elle vit à Northampton, en Angleterre, et adore lire, aller au cinéma, et observer grenouilles et tritons qui peuplent la mare de son jardin. Si elle n'avait pas été écrivain, elle aurait aimé être parachutiste ou chirurgien, spécialiste du cerveau. Elle a rencontré et possédé de nombreux chats qui ont à leur manière mis de la magie dans sa vie

Dans la même collection

Vous avez aimé

les chatons magiques

Écrivez-nous
pour nous faire partager votre enthousiasme :
Pocket Jeunesse, 12, avenue d'Italie, 75013 Paris

Sue Bentley

Les chatons magiques

Une jolie surprise

Traduit de l'anglais par Christine Bouchareine

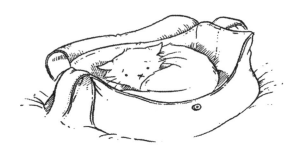

POCKET JEUNESSE
PKJ·

Titre original:
Magic Kitten – A Summer Spell

Publié pour la première fois en 2006 par Puffin Books,
département de Penguin Books, Ltd, Londres.

À Bradley

Loi n° 49-956 du 16 juillet 1949 sur les publications
destinées à la jeunesse: mai 2008.

ISBN 978-2-266-17213-4

Avis de recherche

As-tu vu ce chaton ?

Flamme est un chaton magique de sang royal, et son oncle
Ébène est très impatient de le retrouver.
Flamme est difficile à repérer, car son poil change
souvent de couleur, mais tu peux le reconnaître
à ses grands yeux vert émeraude et à ses moustaches
qui grésillent de magie !

Il est à la recherche d'un ami qui prendra soin de lui.

Et s'il te choisissait ?

Si tu trouves ce chaton très spécial, merci d'avertir
immédiatement Ébène, le nouveau roi.

Prologue

Il y eut un éclair aveuglant suivi d'un scintillement argenté. À la place du jeune lion blanc apparut un minuscule chaton angora roux. Dans le ciel, des nuages gris défilaient devant une grosse lune ambrée.

Soudain, un vieux lion gris vint s'incliner devant lui.

— Prince Flamme ! Dépêchez-vous ! Votre oncle Ébène arrive ! S'il vous trouve, il vous tuera. Vous devez garder cette apparence et vous cacher jusqu'à ce que vous ayez obtenu tous vos pouvoirs.

— Cirrus! C'est inutile! miaula Flamme, tandis que ses yeux vert émeraude jetaient des éclairs. Je vais l'affronter.

— Je vous en supplie, Flamme. Cachez-vous!

Flamme haussa les épaules.

— Où? On m'a pris mon royaume. Les espions de mon oncle sont partout...

Cirrus posa une patte sur la petite tête rousse du chaton.

— Partez loin d'ici. Et quand vous aurez grandi en force et en sagesse, vous pourrez prétendre au Trône du Lion. Vous débarrasserez alors le royaume de ce monstre.

Soudain, un mouvement attira l'attention de Flamme. Il sursauta: des hautes herbes surgit un lion énorme, la gueule ouverte, montrant des crocs menaçants.

Un scintillement argenté parcourut la fourrure du chaton : avec un miaulement strident, il rassembla tous ses pouvoirs.

Juste au moment où le lion sautait d'un rocher, prêt à fondre sur lui, un éclair bleu fendit le ciel. Flamme entendit un rugissement de rage. Puis il se sentit tomber… tomber… tomber…

1

Le train s'arrêta. Lisa Moreau poussa un soupir en contemplant la gare de Beau Pré : un simple quai en planches, avec quelques marches pour rejoindre la route. Et tout autour, la campagne, qui s'étendait à perte de vue.

— Génial ! Me voilà abandonnée au milieu de nulle part, marmonna-t-elle. Merci, les parents !

Son père et sa mère étaient partis en voyage d'affaires en Italie. Et ils l'envoyaient chez sa tante Rose qu'elle n'avait pas revue depuis très longtemps.

Lisa balaya le quai du regard. Elle frémit en voyant une femme avec des nattes et des vêtements trop larges courir vers elle. Tante Rose ? Une hippie ? Il ne manquait plus que ça !

Une hippie, ça devait avoir de drôles d'idées sur la nourriture. Lisa s'imaginait déjà forcée d'avaler du chou-fleur, des épinards et des carottes cuites à l'eau. Ses parents la retrouveraient pâle, amaigrie. Bien fait pour eux!

La femme passa devant elle et sauta dans le train.

— Ouf! souffla Lisa, soulagée.

— Ohé! Lisa! Je suis là!

Une jeune femme mince aux cheveux bruns bouclés, vêtue d'un jean et d'un tee-shirt jaune, montait les marches en agitant la main.

Lisa répondit d'un geste timide.

— Désolée, je suis un peu en retard, s'excusa Rose en l'embrassant.

Elle s'écarta de la fillette pour la regarder.

— Mon Dieu, que tu es grande pour dix ans!

— Il paraît. Papa dit que je tiens de lui.

— Sans doute, répondit Rose avec un grand sourire, l'œil pétillant. Je suis vraiment contente que tu viennes en vacances chez moi! Nous allons enfin faire connaissance.

Bien que réconfortée par l'accueil chaleureux

de sa tante, Lisa n'était pas encore prête à se laisser gagner par sa bonne humeur.

— Je ne voulais pas venir. C'est maman qui m'a forcée !

Avec un air amusé, Rose ramassa la valise.

— Eh bien ! J'ai intérêt à rendre ton séjour agréable. Même si Beau Pré n'a rien de comparable avec l'Italie, il y a des tas de choses intéressantes à faire ici. Viens, rentrons à la maison. La voiture est garée de ce côté.

Lisa scruta le parking : il était désert.

— Elle n'est plus là ! s'écria-t-elle, affolée. On l'a volée ?

— Mais non ! Je l'ai laissée là où elle m'a lâchée, s'esclaffa Rose, en montrant la campagne. Elle est tombée en panne, c'est pour ça que je suis en retard.

Lisa tendit le cou et aperçut au loin, derrière une haie, le toit d'une voiture rouge. Elle semblait à des kilomètres !

Rose sourit devant sa moue.

— Un peu de marche ne te fera pas de mal après ces deux heures de train, dit-elle en ouvrant la barrière pour pénétrer dans le pré où paissaient d'énormes vaches noir et blanc.

Lisa stoppa net en les voyant.

— Elles ne vont pas nous attaquer ?

— Non, suis-moi. Tout ira bien.

Rose referma la barrière derrière elles et avança.

— Regarde comme elles sont jolies! s'écria-t-elle, la main tendue vers une touffe de fleurs sauvages roses. Ce sont des fleurs de coucou…

Lisa ne pouvait détacher ses yeux des vaches. L'une d'elles, grosse comme un camion, la fixait d'un œil mauvais. Elle allait la charger, c'était sûr!

— Lisa, tu ferais mieux de surveiller où tu mets les pieds…

Trop tard! La fillette sentit son pied s'enfoncer dans une masse molle, nauséabonde, et faillit s'étaler dans l'herbe.

— Berk! C'est dégoûtant! Qu'est-ce que c'est, cette horreur?

— Une bouse de vache.

— Mes baskets sont fichues!

— Mais non, tu n'auras qu'à leur donner un coup de jet quand nous arriverons à la maison. Tu as de la chance de ne pas être tombée dedans!

— Ha, ha, ha! marmonna Lisa.

Sautillant à cloche-pied, elle frotta sa chaussure dans l'herbe. Quand elle releva la tête, elle vit avec horreur que Rose était déjà à l'autre bout du champ.

— Attends-moi !

Elle prit ses jambes à son cou et franchit la clôture, telle une torpille.

Rose longea la haie jusqu'à sa voiture.

— Nous y sommes. Dis bonjour à Matilda.

Lisa, consternée, contempla la vénérable Coccinelle toute cabossée, rouge avec des pois noirs.

— Oh, mon Dieu ! Ce vieux machin va jamais démarrer !

— Matilda ! s'il te plaît, la corrigea Rose. Ma voiture repart toujours après s'être reposée...

Rose ouvrit le capot. Lisa s'attendait à y trouver le moteur : erreur, c'était le coffre ! Sa tante y fourra sa valise.

Une fois qu'elles furent assises toutes les deux,

Rose tourna la clé de contact et la voiture se mit aussitôt en marche.

— Bravo ! Au quart de tour ! s'exclama Rose, et Lisa ne put s'empêcher de sourire.

Quelques minutes plus tard, elles s'arrêtaient devant une jolie maisonnette au toit de chaume et aux murs en pierre dorée, couverts de rosiers grimpants tout blancs.

— Laisse tes baskets dehors. Tu les nettoieras plus tard. Tu dois avoir soif.

— Oh, oui !

Lisa suivit sa tante dans la cuisine. Son regard s'attarda sur la grosse bouilloire qui trônait sur la cuisinière, sur l'évier bien profond et sur l'énorme buffet. Elle remarqua qu'il n'y avait ni lave-vaisselle, ni grille-pain, ni micro-ondes.

— Que veux-tu boire ?

— Un Coca, s'il te plaît.

— J'ai bien peur de n'avoir que du jus de pamplemousse. Tu en veux ?

Lisa plissa le nez. Comme elle mourait de soif, elle accepta un verre. Elle but une gorgée. Ce n'était pas mauvais, finalement.

—Viens faire le tour du propriétaire, proposa Rose en l'entraînant vers une pièce inondée par le soleil d'après-midi.

Lisa vit un canapé avec des coussins en patchwork et une bibliothèque remplie de livres.

— Ici, c'est mon atelier, poursuivit Rose en montrant une porte ouverte.

Lisa passa la tête et aperçut des étagères couvertes d'échantillons de tissus, de bocaux remplis de perles ou de boutons.

— Maman m'a dit que tu étais une artiste.

— Disons une artiste en ameublement, plaisanta Rose. Je confectionne des dessus de lit et des tapisseries en patchwork.

— Oh! dit Lisa, que cela n'intéressait pas. Et qu'y a-t-il en haut?

— Deux chambres : la mienne et celle où tu dormiras, expliqua Rose.

— C'est petit, non ?

Lisa pensa que la maison tiendrait tout entière dans le salon de ses parents, à Lyon.

— Je dirais plutôt douillet, rétorqua Rose avec un sourire. Ça me convient parfaitement. Si on s'asseyait le temps de finir notre verre ? Ensuite je te montrerai ta chambre.

Lisa se laissa tomber sur le canapé moelleux et contempla la pièce. Quelque chose clochait.

— Tu n'as pas de télé ! réalisa-t-elle tout à coup.

— Je n'aurais pas le temps de la regarder avec tout ce que j'ai à faire.

Lisa resta sans voix : elle ne connaissait personne qui vivait sans télévision.

Rose se retint de rire devant sa mine déconfite.

— J'ai un vieux poste dans un placard. Je peux te le sortir, si tu veux.

Lisa haussa les épaules.

— Pourquoi pas ?

Cinq minutes plus tard, Rose revint avec un petit récepteur en noir et blanc.

— Et voilà !

— Il diffuse seulement quatre chaînes ! s'exclama Lisa, les yeux exorbités.

— Combien devrait-il en avoir ?

— Je ne sais pas. Mais chez nous, il y en a au moins une quinzaine.

— Non ! Pas possible ! Eh bien, si tu n'en veux pas…

— Si, si, laisse! dit précipitamment Lisa.

Pas de micro-ondes et une télé digne des temps préhistoriques! Ces vacances allaient vite tourner au cauchemar!

2

Lisa finissait de ranger ses affaires dans un tiroir lorsque Rose l'appela.

— Lisa ! Tu devrais aller dans le jardin, pendant que je prépare le dîner. Tu verras, il y a une grange, tu pourras y jouer.

Elle descendit en chaussettes et leva les yeux au ciel quand sa tante lui tendit des bottes en caoutchouc.

— Ce n'est peut-être pas à la mode, mais ça te

permettra de garder les pieds au sec, lui expliqua-t-elle.

Le jardin se composait d'une longue pelouse et d'un grand potager. La grange se trouvait tout au fond. Lisa y alla en traînant les pieds, s'attendant à découvrir un endroit sombre et grouillant d'horribles araignées.

Lorsqu'elle entrouvrit la porte, un éclair argenté l'aveugla. Elle crut voir une grande forme blanche. Mais en plissant les yeux, elle ne distingua qu'une pile de vieux journaux.

Poussant complètement le battant, elle entra. Une forte odeur l'assaillit, qui lui parut familière. Elle vit alors des rangées de cages et de clapiers. Oui, ça sentait comme à l'animalerie.

Il y avait là des lapins, des cochons d'Inde et même quelques hérissons. Sa tante devait tenir une sorte de refuge pour animaux.

Des sacs de nourriture étaient rangés sur un banc. L'un d'eux, bizarrement, brillait !

Intriguée, Lisa s'approcha et aperçut un chaton angora roux, pelotonné dessus. Son pelage soyeux semblait plus doux que du duvet. L'animal dégageait un nuage d'étincelles et ses moustaches grésillaient, comme si elles étaient chargées d'électricité !

Lisa le regarda sans comprendre. Il avait l'air tellement réel ! Pourtant, ce scintillement n'avait rien de naturel. S'agissait-il d'un nouveau jouet électronique ?

Soudain l'animal ouvrit les yeux et fit un bond de côté, le poil hérissé.

— Un monstre ! s'écria-t-il.

Paniquée, Lisa trébucha en reculant et s'écroula dans la paille, les quatre fers en l'air.

— Ahhh !

Le chaton la dévisageait de ses yeux vert émeraude, le dos arqué. L'air autour de lui semblait crépiter.

— Quel genre de créature es-tu ? demanda-t-il d'une voix de velours.

— Je-je suis une fille, bafouilla Lisa, stupéfaite. Et-e-t-toi ?

— Une fille ! Comme c'est bizarre ! Tu n'as que deux pattes. Pas de queue ? Pas de moustaches ?

— Bien sûr que non ! Je ne suis pas un chat ! Je m'appelle Lisa Moreau, ajouta-t-elle en se relevant avec précaution, de peur de le faire fuir.

Curieusement, il ne semblait pas effrayé malgré sa petite taille.

— Lisa, répéta-t-il. Et où sommes-nous, Lisa ?

— À Beau Pré, dans la grange de ma tante, chez qui je passe mes vacances. Et toi, qu'est-ce que tu fais là ? Et qui es-tu exactement ?

— Je suis le prince Flamme, répondit le chaton en se redressant fièrement. L'héritier du Trône du Lion.

— Ouah ! C'est vrai ?

Lisa avait du mal à tout assimiler. Un chat royal ! Doué de pouvoirs magiques ! Et qui parlait. Là, dans la grange de sa tante. Elle hallucinait.

—Tu as bien dit le Trône du Lion. Pourtant tu n'es qu'un cha…

— Qu'est-ce que c'est que ce bruit affreux? la coupa-t-il, les oreilles dressées.

— Juste une voiture qui passe sur la route, ne t'inquiète pas. As-tu faim? demanda-t-elle tout à coup. Tante Rose doit bien avoir de quoi nourrir un chat. Je peux aller te chercher quelque chose.

— Tu es gentille. Je crois que je vais te faire confiance.

Il sauta devant elle. Et dans un éclair bleu accompagné d'un crépitement d'étincelles, Lisa, à moitié aveuglée, vit apparaître, à la place du chaton, un jeune lion blanc à l'allure royale. Puis, tout aussi brusquement, Flamme se retransforma en chaton.

Lisa se pinça: elle devait rêver. Ces histoires n'existaient que dans les contes de fées. Mais non, elle était bien réveillée.

— Flamme ? C'était toi ? Tu es réellement un lion ? demanda-t-elle, abasourdie.

— Je suis en danger. Je dois me cacher. Tu veux bien veiller sur moi, dis ? Est-ce que je peux compter sur toi ?

Lisa se sentit fondre. Si Flamme était impressionnant en lionceau royal, transformé en chaton, il était craquant.

— Oh, mais bien sûr ! répondit-elle en le

prenant dans ses bras. Mais qui peut te vouloir du mal?

Flamme posa ses petites pattes sur sa poitrine et planta son regard dans le sien.

— Mon oncle s'est emparé de mon trône. Ses espions sont à mes trousses. Ils veulent… ils veulent me tuer.

— Eh bien, ils auront affaire à moi! rétorqua-t-elle d'un ton menaçant. Je te protégerai, Flamme. Et tu seras mon secret. Mon chaton magique secret. En attendant, je ne sais pas ce que je vais dire à tante Rose pour expliquer ta présence.

— Quelle présence? demanda une voix derrière elle. À qui parles-tu, Lisa?

Lisa fit un bond. Elle n'avait pas entendu sa tante entrer dans la grange!

3

— J'ai trouvé Flamme endormi sur un sac de graines. Je t'en prie, je peux le garder ? supplia-t-elle en gratouillant les minuscules oreilles du chaton.

Rose passa la main dans sa fourrure soyeuse.

— Tu l'as déjà baptisé ! En tout cas, il est magnifique. Mais nous devons d'abord savoir à qui il appartient.

— Il ne doit pas avoir de maison puisqu'il dort dans ta grange, déclara Lisa.

Elle avait promis à Flamme qu'elle s'occuperait de lui et elle était décidée à tenir parole, quoi qu'il arrive.

— Si tu me permets de le garder, continuat-elle, je m'en occuperai complètement. Je lui achèterai à manger avec mon argent de poche. Il dormira dans ma chambre. Et... et en échange, je nettoierai ces cages qui empestent et... et je ferai tout ce que tu voudras!

Rose éclata de rire.

— Tu tiens beaucoup à ce qu'il reste, on dirait?

— Oh oui! Tu veux bien?

— Laisse-moi d'abord l'examiner. Je préfère m'assurer qu'il n'est pas couvert de puces et de tiques avant de le ramener à la maison.

— Génial! Nous allons devenir les meilleurs amis du monde! chuchota Lisa à l'oreille du chaton avant de le donner à sa tante.

— Bonjour, boule de poils, dit Rose en inspectant sa fourrure d'une main experte. Je ne vois pas de puces. Là non plus, ajouta-t-elle en le retournant sur le dos pour examiner son petit ventre rond. C'est parfait.

Flamme se tortilla et poussa un miaulement de protestation.

Lisa réprima un sourire. Ça devait être la première fois que quelqu'un cherchait des puces à un lion !

— Il est propre et en bonne santé, conclut Rose. Et il doit avoir faim. Tu trouveras de la nourriture et une gamelle sur cette étagère.

Lisa sauta au cou de la jeune femme.

— Merci, tante Rose!
Tu es merveilleuse!

— On croirait que tu
n'as jamais eu d'animal à
toi.

—Non, jamais. Maman
dit que c'est inhumain
d'obliger une bête à vivre
en appartement.

Rose, attendrie, regarda
Lisa ouvrir une boîte
de conserve, verser de la
pâtée dans une écuelle et
la poser par terre. Flamme
s'approcha en ronron-
nant.

— Je suis d'accord avec ta mère, reprit-elle,
soudain sérieuse. Ne t'attache pas trop à ce chaton. Tu devras t'en séparer, quand tu rentreras à
Lyon.

Rose avait raison. Mais Lisa avait promis à Flamme de s'occuper de lui, et la découverte de ce chaton magique était la seule bonne chose qui lui était arrivée depuis le départ de ses parents. Alors, pas question de le laisser tomber maintenant !

Quand il eut fini sa pâtée, Flamme se lécha les babines et vint se frotter contre ses jambes. Elle se pencha pour le caresser. Dans un miaulement, il lui chuchota :

— Je me sens bien avec toi. Merci, Lisa.

Rose plongea une pelle dans un sac de nourriture pour lapin.

— Nous avons tout juste le temps de nourrir ces petits gloutons avant le dîner.

— Je vais t'aider, proposa aussitôt Lisa.

Ça ne l'amusait pas particulièrement mais, fidèle à sa parole, elle passa un bon moment à remplir les écuelles d'eau, à distribuer des carottes et des feuilles de salade et à nettoyer les litières.

— Merci, ma chérie, dit Rose tandis qu'elles se lavaient les mains. Maintenant allons vite manger. Tu dois mourir de faim.

Lisa prit le chaton qui s'était assoupi et suivit Rose jusqu'à la maison. Sa tante lui donna une vieille couverture qu'elle étendit sur le canapé. Flamme sauta aussitôt dessus et se mit à la pétrir de ses pattes avant de s'y lover. Quelques minutes plus tard, Rose apporta sur la table des assiettes pleines à ras bord de hachis parmentier et de laitue.

— Euh… merci, dit Lisa en repoussant la verdure du bout de sa fourchette.

— Ça s'appelle de la salade. Nous en mangeons beaucoup à la campagne. Et c'est obligatoire ! ajouta Rose d'un ton qui n'admettait aucune discussion.

— Message reçu ! répondit Lisa avec un sourire.

Le hachis était délicieux et elle réussit à avaler un peu de laitue. Puis elle sortit de table.

— Merci, tante Rose. Je crois que je vais faire un câlin à Flamme devant la télé.

— Ça peut attendre quelques minutes, l'arrêta Rose. Le règlement de la maison est simple : je fais la cuisine, tu laves la vaisselle. D'accord ?

— D'accord.

Lisa se sentit rougir et s'empressa de débarrasser. Dire qu'il n'y avait pas de lave-vaisselle!

Elle remplit l'évier d'eau chaude et arrosa les assiettes de produit à vaisselle. En quelques secondes, elle se retrouva avec de la mousse jusqu'aux coudes.

— Mince! J'en ai trop mis! gémit-elle en voyant la mousse déborder de l'évier et ruisseler jusqu'au sol. Tante Rose ne va pas être contente!

— Puis-je t'aider? demanda une petite voix, à ses pieds.

Elle se retourna et vit Flamme derrière elle. Sa fourrure rousse était sillonnée de grandes étincelles argentées, ses moustaches grésillaient et ses yeux brillaient comme deux émeraudes. Lisa sentit un picotement et une onde de chaleur la parcourir.

Qu'allait-il se passer?

4

Flamme sauta en l'air comme une boule de feu et atterrit sur la paillasse. Des étincelles jaillissaient de ses oreilles.

Il agita ses pattes de devant. Aussitôt, assiettes, verres, couverts et casseroles plongèrent dans la mousse. Puis, un par un, ils ressortirent et se séchèrent en tourbillonnant sur eux-mêmes.

— C'est trop cool ! s'extasia Lisa.

Les portes des placards s'écartèrent, verres et

assiettes allèrent s'empiler sur les étagères ; le tiroir s'ouvrit et les couverts plongèrent à l'intérieur.

La mousse s'évapora. Le torchon virevolta sur l'évier pour l'essuyer, la serpillière dansa sur le sol

— Génial ! s'exclama Lisa en battant des mains, émerveillée.

— Lisa ? Qu'est-ce que c'est que ce vacarme ? demanda Rose du salon.

Un doigt sur la bouche, Lisa fit signe à Flamme de ne plus bouger.

— Tout va bien ! cria-t-elle à sa tante. J'ai presque fini.

Bang ! Les portes des placards claquèrent. Bong ! Les tiroirs se refermèrent. Cling ! Les couverts tintèrent.

Rose passa alors la tête par la porte.

— Tu en fais un chahut !

Flamme, assis par terre, ressemblait à un chaton tout à fait ordinaire. Ouf ! Lisa esquissa un sourire en tremblant. Ils l'avaient échappé belle !

— Ça alors ! Je suis très impressionnée. La cuisine est impeccable. Bravo !

— Un jeu d'enfant ! plaisanta Lisa en se frottant les ongles sur son tee-shirt.

Et elle fit un clin d'œil à Flamme qui lui répondit par un « miaou » espiègle.

Grâce à Flamme, les vacances ne se présentaient pas si mal, finalement !

Le lendemain matin, Lisa se réveilla de bonne heure. Elle resta au lit, les paupières fermées, guettant le bruit de la circulation et les coups de klaxon dans la rue. Mais la brise matinale ne lui apporta que le chant d'un oiseau par la fenêtre entrebâillée. Elle ouvrit les yeux en se souvenant qu'elle était chez sa tante, à Beau Pré.

Et hier, elle avait trouvé un chaton magique dans la grange ! Il dormait encore, blotti contre elle.

Elle le caressa doucement. Il s'étira et bâilla en découvrant sa jolie petite langue rose et ses dents pointues. Des étincelles argentées brillaient dans sa fourrure.

— J'ai bien dormi, ronronna-t-il.

— Moi aussi, répondit Lisa tandis qu'il frottait sa tête contre son menton. Arrête, tu me chatouilles !

Elle se leva et partit à la recherche de la salle de bains tandis que Flamme se pelotonnait au creux de son oreiller.

Quand elle descendit, Rose s'affairait déjà dans la cuisine. Lisa nourrit le chaton avant de prendre son petit déjeuner, et aida ensuite sa tante à débarrasser. Elle sourit en se rappelant la façon dont elle avait fait la vaisselle, la veille.

— Ça te plairait d'aller à vélo au village ? demanda Rose. Nous avons besoin de lait, de pain et d'œufs, mais j'ai une tonne de couture à faire. Tu me rendrais service et tu pourrais en profiter pour découvrir les environs.

— Bonne idée ! répondit Lisa.

Tout lui semblait fabuleux en compagnie de Flamme. Même les courses !

Rose sortit son vélo, mit la couverture de Flamme dans le panier fixé à l'avant et y installa confortablement le chaton.

—Voilà. On dirait que c'est fait pour toi!

Flamme approuva d'un ronronnement.

Rose éclata de rire.

— On a vraiment l'impression qu'il comprend tout ce qu'on lui dit!

Elle sortit pour indiquer le chemin à Lisa.

— Remonte la rue des Baies jusqu'au carrefour, puis prends à droite. Tu verras l'auberge du Cerf Blanc. Les magasins sont un peu plus loin. Tu ne peux pas te tromper.

— Salut, Matilda! dit Lisa en passant devant la vieille voiture. À plus tard, tante Rose!

La route embaumait le chèvrefeuille. Des alouettes tournoyaient dans le ciel. Flamme, le nez au vent, reniflait toutes ces bonnes odeurs.

La rue des Baies était étroite et bordée d'arbres. Lisa ralentit pour aborder un virage, quand, soudain un poney surgit en face, lancé au galop, les oreilles plaquées en arrière et les naseaux dilatés.

— Attention! cria son cavalier. Je ne peux pas l'arrêter!

Lisa freina, faisant crisser ses pneus sur le gravier. Flamme planta ses griffes dans le fond du panier pour se cramponner.

Trop tard! La collision était inévitable!

5

Le vélo dérapa en direction du poney. Soudain, les roues se bloquèrent et Lisa fut projetée par-dessus le guidon. Au moment où elle s'attendait à retomber brutalement au sol, elle vit un éclair d'argent et atterrit en douceur, comme sur un matelas de plumes.

Elle avait eu chaud! Flamme avait sans doute fait usage de ses pouvoirs magiques pour amortir sa chute! Mais où était-il passé?

Elle jeta un regard affolé autour d'elle. Le poney

piaffait de douleur et de frayeur. Son cavalier tentait de le calmer. Le vélo de tante Rose était renversé sur le côté ; les pédales continuaient à tourner dans le vide. La couverture de Flamme gisait en tas, un peu plus loin.

Lisa aperçut le chaton assis dans le caniveau, il se débarbouillait tranquillement le museau.

Il laissa échapper un petit miaulement de plaisir quand elle se pencha pour le caresser.

— Oh, tu vas bien, heureusement !

— Je ne peux pas en dire autant de Gadjo, et c est ta faute ! cria le garçon. Tu ne pouvais pas regarder où tu allais ?

Lisa le dévisagea, outrée. Brun, les yeux bleus, il devait avoir une douzaine d'années.

— Tu étais du mauvais côté de la route ! protesta-t-elle, furieuse, en ramassant son vélo.

— Allons, du calme, Gadjo ! grommela le garçon sans lui répondre.

Le poney, les yeux exorbités, refusait de poser sa jambe arrière par terre.

— C'est malin ! Il boite maintenant ! Mon père va me tuer. Nous n'avons pas les moyens de payer le vétérinaire.

Lisa était désolée pour le poney mais elle en voulait surtout à son propriétaire.

— Dans ce cas, il ne fallait pas galoper comme un dingue ! Regarde le vélo de ma tante. La roue avant est toute tordue !

Flamme finit sa toilette et s'approcha de Gadjo. Lisa fit un geste pour le retenir. N'avait-il pas conscience du danger?

— Tu peux tenir ton chat? Gadjo a peur des animaux, la mit en garde le garçon.

Flamme s'arrêta juste sous le poney et le dévisagea de son regard émeraude. Gadjo s'écarta d'un pas en s'ébrouant. Puis il baissa la tête. Le chaton ronronna de plaisir en fermant les yeux tandis que Gadjo soufflait son haleine chaude sur sa fourrure.

Le garçon se gratta la tête.

— T'as vu ça? Gadjo a l'air d'aimer ton chat. Et on dirait que sa jambe va déjà mieux, ajouta-t-il en la palpant. Comment est-ce possible?

Lisa prit Flamme dans ses bras.

— Merci pour tout à l'heure, lui murmura-t-elle. Et merci d'avoir guéri Gadjo.

— Ravi de te rendre service, murmura Flamme en lui donnant un petit coup de langue sur le menton.

Lisa se releva.

— Oh ! il n'a pas dû se faire très mal, répondit-elle, se retenant de rire devant la mine stupéfaite du garçon.

— Si tu le dis, marmonna-t-il. Viens, Gadjo. Rentrons.

— Attends ! Et mon vélo ? Je ne peux pas rouler comme ça ! protesta Lisa, consternée.

— C'est ton problème ! rétorqua le garçon d'un ton moqueur.

Lisa fulminait. Au moment où elle ouvrait la bouche pour lui répondre, un gendarme apparut sur la route.

— Mince ! Il ne manquait plus que M. Carré. Il m'a déjà surpris la semaine dernière à jouer au foot sur la place du village. D'accord, j'étais du mauvais côté de la rue, reconnut-il en jetant un regard suppliant à Lisa. Ce n'était pas ma faute. Gadjo a eu peur d'un drap qui séchait au vent, et il s'est emballé.

Lisa croisa les bras.

— Et alors ?

Le garçon hésita.

— Je te propose un marché. Tu ne parles pas de l'accident, et en échange je répare ta roue.

— Marché conclu ! Je m'appelle Lisa. Lisa Moreau. Et voici Flamme.

Le garçon lui serra la main.

— Manu Laforêt.

Il caressa la tête de Flamme.

Le gendarme arrivait à leur hauteur. Il considéra la roue voilée avant de jeter un regard noir à Manu.

— Hum! Quelle bêtise as-tu commise aujourd'hui?

— Aucune, grommela Manu en se balançant d'un pied sur l'autre, les yeux baissés.

Lisa vint à sa rescousse.

— Au contraire! En tombant, ma roue s'est tordue et Manu me proposait de la réparer.

— Pas possible! s'étonna M. Carré. Bravo, Manu! Ça t'évitera d'avoir des ennuis pendant au moins cinq minutes.

Après s'être assuré que Lisa ne s'était pas fait mal, le gendarme s'éloigna.

— Ouf! J'ai eu chaud soupira Manu en tirant Gadjo par les rênes. Allons-y. J'habite juste à côté.

— Ne me remercie surtout pas de t avoir trouvé une excuse, dit Lisa.

Manu s'esclaffa.

— Rassure-toi. Je n'en avais pas la moindre intention !

Lisa ne put s'empêcher de rire, elle aussi.

—Tu viens, Flamme ?

Elle remit le chaton dans le panier et s'appro-

cha du garçon en poussant son vélo bringue-
balant.

Manu s'engagea dans un chemin étroit, bordé
de ronces en fleur, puis il pénétra dans un grand
pré occupé par de nombreuses caravanes.

Lisa s'arrêta à la barrière.

Manu se retourna.

—Tu viens ou pas?

Flamme lança un miaulement joyeux. Lisa
poussa son vélo et suivit le garçon.

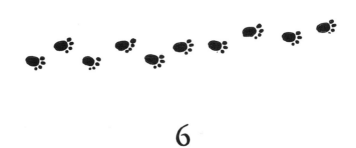

6

À la porte d'une roulotte en bois sculpté, aux roues jaune et rouge, une vieille dame – comme Lisa n'en avait encore jamais vu – leur fit signe.

— C'est ma grand-mère, dit Manu à Lisa. Viens que je te présente.

La fillette sortit Flamme du panier et coucha son vélo dans l'herbe. Le chaton gravit prestement les marches de la roulotte et alla se frotter contre les jambes de la vieille dame.

— Il s'appelle Flamme, dit Lisa.

Manu attacha Gadjo avant de monter à son tour. Il embrassa sa grand-mère sur la joue.

— Salut, mémé. Tu vas bien ?

— Je suis en pleine forme, s'exclama-t-elle, avec un large sourire qui lui plissait les yeux. Fais donc entrer ta nouvelle amie. La bouilloire est sur le feu, ajouta-t-elle en se penchant pour caresser Flamme. Et toi, que dirais-tu d'une goutte de lait, hein ?

Flamme lui répondit par un miaulement de gourmandise.

Lisa regarda autour d'elle. Des casseroles étincelantes étaient accrochées au-dessus d'un poêle qui ronflait. Il faisait une chaleur tropicale et la pièce embaumait le feu de bois et la cire à la lavande.

Flamme lapa son lait, tout à son aise.

Manu alla s'asseoir près de sa grand-mère.

— Mémé, je te présente Lisa. Elle habite chez sa tante, à l'entrée du village. Lisa, voici Violette

Laforêt, le chef de notre famille. Même mon père la craint un peu. Mais elle fait plus de bruit que de mal !

— Hé ! Tu vas pas raconter tous nos secrets ! protesta Violette en riant.

— J'adore votre caravane, dit poliment Lisa pendant qu'elle préparait du thé.

— On appelle ça une roulotte, nous les Gitans, corrigea la vieille dame.

— Oh, excusez-moi.

Violette lui lança un regard étonné.

— Mais de quoi ?

— Euh... de rien, murmura Lisa.

— Alors t'as pas à t'excuser !

— Arrête de la taquiner, mémé, s'esclaffa Manu. Lisa est gentille. Elle a dit du bien de moi à M. Carré.

— Oh, c'est pas un mauvais bougre, Carré, marmonna Violette en remplissant les tasses.

C'est de Robert Lerat qu'il faut te méfier. Il est encore venu nous accuser pour la disparition d'une biche. Je lui ai dit que je savais tout ce qui se passait ici et que personne ne braconnait chez nous. Mais il ne m'a pas crue. C'est tout juste s'il ne m'a pas traitée de menteuse !

— Qui est ce Lerat ?

— C'est le garde du château, expliqua Manu.

Les bois qui se trouvent derrière la maison de ta tante font partie du domaine.

— Te mets pas en travers de son chemin, Manu, tu m'entends ? insista la vieille dame. C'est un sale bonhomme.

— Promis, mémé.

Manu resta silencieux quelques instants puis il se tourna vers Lisa.

— Mémé a voyagé à travers tout le pays dans cette roulotte. Et ça ne lui plaît pas d'être parquée sur les terrains réservés aux gens du voyage.

— Je regrette l'époque où on pouvait s'arrêter n'importe où, le long des routes. Je me souviens d'un jour, au bord d'une rivière…

Violette évoqua ainsi ses souvenirs, le temps où elle parcourait les routes de campagne dans une roulotte tirée par un poney.

— Toutes les familles se retrouvaient aux foires aux chevaux. C'était magnifique ! À la fin de l'été, nous remontions tous en Bourgogne pour les vendanges.

Lisa écoutait, fascinée. Le visage de Violette exprimait une intense satisfaction tandis qu'elle caressait Flamme.

Violette s'interrompit soudain.

— Flamme est un merveilleux chaton, n'est-ce pas ? Il est même magique ! ajouta-t-elle avec un clin d'œil.

Surprise, Lisa écarquilla les yeux. Violette savait .. Elle connaissait le secret de Flamme !

— Eh bien, mémé, je vais chercher mes outils pour réparer le vélo de Lisa, annonça Manu, qui semblait ne s'être aperçu de rien.

— Merci pour le goûter et les histoires, dit Lisa.

Violette les raccompagna au bas des marches.

— Tu peux ramener Lisa et Flamme quand tu veux !

Tandis que Manu se dirigeait vers une caravane moderne, qui brillait de tous ses chromes, elle se pencha et caressa la tête de Flamme.

— Prends bien soin de ce trésor. Il ne restera pas longtemps avec toi.

Lisa serra le chaton contre elle, tout émue.

— Je ne veux pas qu'il s'en aille, jamais, bredouilla-t-elle d'une voix tremblante.

Les yeux de Violette se firent tout tendres.

— Je sais, murmura-t-elle en lui tapotant le bras. Mais son destin l'appelle loin d'ici. Et quand le moment sera venu, il devra partir. Estime-toi heureuse qu'il t'ait choisie comme amie.

Lisa embrassa le chaton. Il lui lécha le menton en ronronnant.

— Je suis ravie, répondit-elle. Et peut-être que si je m'occupe vraiment bien de lui, il restera.

Un voile de tristesse assombrit le visage de Violette.

— Peut-être.

— J'ai fini, annonça Manu qui revenait en poussant le vélo. Il est comme neuf !

Il posa Flamme dans le panier pendant que Lisa montait en selle.

— Merci. Tante Rose ne s'apercevra de rien. Alors... à une autre fois, peut-être, dit-elle en pédalant vers la barrière.

— Je vais pêcher, demain, lui lança Manu. Tu veux venir ?

Lisa n'avait jamais pêché de sa vie. Elle songea que ce serait mieux que de rester à ne rien faire chez sa tante.

— D'accord. On se retrouve où ?

— Devant l'auberge du Cerf Blanc, au carrefour. À neuf heures, ça te va ?

— À neuf heures, c'est parfait ! cria Lisa en s'engageant sur le chemin.

Le soleil était bas et les arbres projetaient de grandes ombres sur la route.

— Quelle aventure ! dit Lisa à Flamme.

Il acquiesça d'un miaulement. Les deux pattes de devant posées sur le bord du panier, il regardait droit devant lui, les oreilles dressées, la fourrure scintillante.

Arrivée au bout du chemin, Lisa s'arrêta.

— Faut-il aller à droite ou à gauche ?

Au même moment, une camionnette bleu marine traversa le carrefour à toute allure en klaxonnant. Lisa sursauta de frayeur. Un rétroviseur cassé lui passa au ras du visage et le véhicule disparut dans un crissement de pneus.

— Quel chauffard ! pesta Lisa avant de tourner dans la rue des Baies.

Tandis qu'elle pédalait en direction de la maison de sa tante, elle eut soudain la désagréable impression d'avoir oublié quelque chose.

— Oh, non! Les courses! Il est peut-être encore temps.

— Non, c'est trop tard, répondit Flamme en montrant la voiture rouge et noir qui s'avançait vers eux.

Matilda s'arrêta. Rose se pencha par la portière, furieuse.

— J'aurai deux mots à te dire, jeune fille! Rentre à la maison! Immédiatement!

—Aïe, aïe, aïe! chuchota Lisa.

7

Lisa suivit sa tante à l'intérieur de la maison en traînant les pieds. Elle était bonne pour se faire passer un savon !

Rose avait le visage rouge de colère.

— Ça fait des heures que je te cherche partout !

— Je n'ai pas vu le temps passer, murmura Lisa, en se demandant à quoi rimait tout ce cinéma.

Elle était rentrée, non ?

— Tu aurais dû venir me dire où tu allais.

Tu sais que tu es sous ma responsabilité pendant ton séjour ici. Je te croyais plus raisonnable que ça.

Lisa eut un peu honte.

— Je suis désolée, tante Rose. Je n'ai pas réfléchi.

Elle lui raconta qu'elle avait failli percuter Manu et son poney, puis qu'elle était allée chez les gens du voyage, où elle avait pris le goûter avec Violette.

— Je n'en reviens pas. Tu aurais pu te faire mal après une chute pareille. Et surtout, il fallait me prévenir avant d'aller chez des inconnus ! Enfin, j'ai l'impression que tu as passé un moment agréable, ajouta-t-elle, un peu calmée.

Elle se laissa tomber sur le canapé et tapota la place à côté d'elle.

Lisa s'assit et Flamme se pelotonna entre elles.

— Manu est très gentil, une fois qu'on le

connaît. La preuve, il a réparé ma roue, laissa-
t-elle échapper.

Mais tante Rose ne fit aucun commentaire. Elle
soupira et lui passa un bras autour des épaules.

— Il ne t'est rien arrivé, alors oublions tout ça.
Mais promets-moi de toujours me dire où tu vas,
à l'avenir.

— Je te le promets, dit Lisa, la main sur le cœur.

Rose avait retrouvé sa bonne humeur. Elle se
leva d'un bond et alla à la cuisine.

— Eh bien, je ne sais pas ce qu'il en est pour toi, mais moi, je meurs de faim. Tu peux m'apporter les courses, s'il te plaît?

— Euh…

Lisa jeta un regard affolé à Flamme.

— Cette fois, ça va barder! chuchota-t-elle.

Flamme miaula en agitant ses moustaches. Un nuage d'étincelles l'enveloppa. Un picotement parcourut Lisa.

— Flamme! Ne me dis pas que tu… Non, ce n'est pas vrai!

Elle se précipita vers le vélo. Le panier était plein à craquer. Il contenait du pain, du lait, des œufs et même un délicieux gâteau au chocolat.

— Oh, tu es extraordinaire! s'écria-t-elle en prenant Flamme dans ses bras pour l'embrasser sur son petit nez rose. Tu me sauves la vie.

Flamme s'arrêta de ronronner et écarquilla les yeux.

—Tu es en danger?

— Non, c'est juste une façon de parler, soufflat-elle.

Rose poussa un cri de joie quand elle vit le gâteau.

— C'est mon préféré !

— Un petit cadeau de ma part, répondit Lisa en se retenant de rire.

Elle aurait tant aimé lui dire que c'était Flamme qui l'avait choisi !

Ce soir-là, après le dîner, Lisa fit la vaisselle sans se faire prier. Elle s'habituait bien à la vie à la campagne ! Elle prépara ensuite une tasse de café pour sa tante qu'elle lui apporta au salon. Flamme dormait, roulé en boule sur sa couverture.

— Merci Me voilà servie comme une reine, plaisanta Rose. Mais dis-moi, que penses-tu de Violette Laforêt ?

— Elle est géniale. J'adore sa car... euh... sa roulotte. C'est tout petit et pourtant il y a un poêle, un lit et tout ce qu'il faut. Violette nous a raconté ses souvenirs du temps où elle voyageait.

— Ça devait être une vie merveilleuse. Quel dommage que tout ait changé ! Violette dirige la famille Laforêt d'une main de fer, même les hommes ! Tu as dû lui plaire. Tu es bien la première personne qu'elle invite à prendre le thé.

— Elle aime beaucoup Flamme, aussi. Mais moi, je l'adore ! ajouta Lisa avec un regard attendri pour son chaton.

— Les Laforêt sont, je crois, gentils et chaleureux.

Lisa était contente que sa tante apprécie la famille de Manu.

Elle se leva et chatouilla doucement Flamme pour le réveiller.

— Je vais nourrir les animaux. Tu m'accompagnes ?

Le chaton s'étira et sauta à terre.

Rose se leva, elle aussi.

— Merci, ma chérie. Je n'ai pas fini mon dessus de lit en patchwork… J'ai perdu du temps à chercher une petite coquine qui tardait à rentrer, ajouta-t-elle avec un clin d'œil malicieux.

Dans la grange, Lisa remplit les mangeoires et les écuelles d'eau et nettoya ensuite les litières. Alors qu'elle donnait des morceaux de carottes aux lapins et aux cochons d'Inde, une question lui traversa l'esprit. Elle interrogea Flamme :

— Où as-tu trouvé la nourriture qui est apparue par magie dans mon panier ?

— À l'épicerie. C'était bien là que tu devais l'acheter, non ? Pourquoi ? J'ai mal fait ?

— Non, mais il faut la payer. Je vais mettre l'argent dans une enveloppe avec un petit mot d'explication. Viens, Flamme, saute dans mon sac. Dépêche-toi. Nous n'avons que quelques minutes. Inutile de le dire à tante Rose.

Lisa courut jusqu'à l'épicerie, glissa une enveloppe dans la boîte aux lettres puis, toute joyeuse, elle caressa Flamme.

— Mission accomplie. Je suis tellement contente de t'avoir avec moi!

— Moi aussi, ronronna-t-il en sortant la tête du sac.

Les premières étoiles apparaissaient dans le ciel violet. Une traînée de lumière rose éclairait encore le clocher de l'église.

— La nuit tombe déjà, s'inquiéta Lisa. Nous avons intérêt à rentrer vite avant que tante Rose ne s'aperçoive de notre absence. Sinon je serai privée de sortie jusqu'à la fin des vacances!

Elle se mit à courir vers la maison. Elle aperçut alors un panneau qu'elle n'avait pas remarqué auparavant et qui indiquait : « Bas du village ».

— Ce doit être un raccourci. Prenons-le !

Le chemin était bordé d'un côté par les champs et de l'autre par un bois touffu qui faisait partie du domaine surveillé par Robert Lerat.

Lisa marchait depuis cinq minutes lorsqu'elle entendit une déflagration.

— Qu'est-ce que c'était ! s'écria-t-elle, effrayée.

Flamme sortit la tête de son sac, le poil hérissé.

— Fais attention !

Lisa, le cœur battant, aperçut des lueurs parmi les arbres. Puis elle entendit des cris et vit des hommes avancer vers elle. De nouvelles explosions brisèrent le silence.

— On dirait des coups de feu, murmura-t-elle d'une voix tremblante. Vite, Flamme, fichons le camp d'ici !

Elle prit son sac dans ses bras pour courir sans trop secouer le chaton. Mais elle avait à peine parcouru quelques mètres qu'une camionnette

bleu marine stoppa devant elle dans un crissement de pneus et lui barra le passage!

Lisa reconnut le rétroviseur cassé.

— C'est le chauffard de tout à l'heure! chuchota-t-elle à Flamme.

Le conducteur se pencha par la fenêtre.

— C'est qui, cette gamine? cria-t-il à un
homme qui sortait du bois. Va voir ce qu'elle fait
là!

Un picotement parcourut tout le corps de Lisa.
Elle s'immobilisa.

8

À cet instant, la fillette sentit une douce chaleur contre elle : la fourrure du chaton était parcourue d'étincelles.

— Ne crains rien, la rassura-t-il doucement

L'homme s'approcha, jetant des regards tout autour.

— Quelle gamine ? Y a personne ! dit-il au conducteur.

Lisa poussa un soupir de soulagement. Flamme l'avait rendue invisible !

— Allons-nous-en! chuchota Flamme.

Lisa ne se le fit pas dire deux fois. Elle passa en courant devant la camionnette où le conducteur, les sourcils froncés, ne comprenait pas ce qui lui arrivait.

Cinq minutes plus tard, elle débouchait dans la rue des Baies. Elle fonça jusqu'à la maison, s'engouffra dans le jardin et entra par la cuisine.

Le bruit de la machine à coudre de sa tante venait de l'atelier. Lisa passa la tête dans l'encadrement de la porte.

— Je monte dans ma chambre, tante Rose. Je vais lire un peu.

— D'accord, ma chérie. Merci de t'être occupée des animaux. J'irai t'embrasser avant d'aller me coucher.

En grimpant les marches, Lisa tremblait encore. Qu'est-ce que ces hommes faisaient dans les bois? Peut-être tiraient-ils sur des lapins ou des corneilles. En tout cas, ils semblaient furieux d'avoir été surpris.

Heureusement qu'elle était avec Flamme ! Une fois de plus, il lui avait sauvé la vie !

— As-tu des projets pour aujourd'hui?
demanda Rose, le lendemain matin, alors que le
soleil dessinait des arcs-en-ciel sur le mobile de
cristal accroché à la fenêtre.

Lisa lui répondit qu'elle avait rendez-vous avec
Manu.

— Nous devons aller pêcher.

— Emmènes-tu Flamme avec toi?

— Bien sûr!

Pas question de le laisser. Surtout après ce qui
lui était arrivé, la veille.

Flamme se frotta contre ses jambes.

Rose se pencha pour le caresser.

— Alors, amusez-vous bien, tous les deux. Et
ne rentrez pas trop tard, d'accord?

— Pas de problème, promit Lisa. Allez, saute
dans le sac, Flamme.

Elle mit son sac en bandoulière et partit pour
le Cerf Blanc.

Manu et Gadjo étaient déjà là.

— La rivière se trouve juste à côté, dit le garçon en les entraînant vers une rangée de saules pleureurs qui se balançaient dans la brise.

Sous les branches au feuillage argenté, l'eau scintillait. Ils choisirent un coin verdoyant.

— Notre famille a l'autorisation de pêcher ici, car au printemps mon père aide à nettoyer les berges.

Flamme s'étendit dans l'herbe en ronronnant de plaisir. Gadjo vint brouter à côté de lui.

— Je n'en reviens pas comme Gadjo aime ton chaton, continua Manu en déballant son matériel.

— Oh, ce n'est pas n'importe quel chaton. Il est vraiment spécial.

Manu lui confia une boîte en fer toute cabossée.

— Tiens. Tu sais accrocher les appâts ?

— Bien sûr ! Ça ne doit pas être bien sorcier.

Lisa ouvrit la boîte et poussa un cri d'horreur. Ça grouillait à l'intérieur.

— Berk ! Des asticots !

— Attention ! Tu vas les faire tomber ! Tu t'attendais à quoi ? À des miettes de pain ?

— Oui, ou à quelque chose de ce genre, avoua-t-elle en rougissant. Je ne crois pas que je pourrai les accrocher à l'hameçon.

— Donne. Tu vas voir. C'est facile.

Puis Manu tendit une canne à Lisa et lui montra comment jeter la ligne dans la rivière. Ils s'installèrent côte à côte et attendirent que le poisson morde.

La brise leur apportait une douce odeur de foin coupé. Une poule d'eau s'ébroua parmi les roseaux.

—Tu as une touche! s'écria Manu tout à coup.

Il l'aida à ramener le poisson qu'il attrapa avec l'épuisette.

— Et voilà le travail. Une bonne truite!

— Que c'est amusant! s'écria Lisa, fière d'avoir pêché son premier poisson.

— T'es pas trop casse-pieds pour une fille de la ville!

— Fais gaffe à ce que tu dis! rétorqua Lisa.

— Bonjour, tout le monde! Ça mord?

— Encore lui! marmonna Manu en voyant M. Carré arriver sur le chemin, le sourire aux lèvres.

Il s'arrêta pour contempler l'épuisette.

—Voilà une belle prise!

— C'est le premier poisson que Lisa pêche de sa vie.

— La chance du débutant. Mais dis-moi, Manu,
reprit le gendarme, soudain sérieux, je suppose
que tu ne sais rien sur les deux biches qui ont été
abattues cette nuit?

— Pourquoi me posez-vous cette question?

— Parce que tu n'es pas bête. Et tu saurais qui
prévenir si tu apprenais quoi que ce soit à ce sujet.

Manu haussa les épaules.

— Sans doute. Mais je ne vois pas de quoi vous
parlez.

— Où ont-elles été tuées ? demanda Lisa.

— Dans les bois, au-dessus de la rue des Baies. Pas loin de chez ta tante Rose. Eh bien, ajouta-t-il en donnant une tape amicale à Manu, ouvre l'œil et le bon ! Et bonne pêche ! lança-t-il avant de repartir le long de la rivière.

Lisa le suivit du regard. Elle songeait aux coups de feu qu'elle avait entendus et aux hommes qui se promenaient avec des lampes torches, la veille, dans la forêt. Et aussi à cette camionnette bleu marine qu'elle avait croisée à deux reprises.

Elle avait failli faire part de ses soupçons à M. Carré, mais elle ne possédait aucune preuve. Et puis comment expliquer sa présence près du bois à une heure pareille ? Elle risquait d'avoir des ennuis avec tante Rose.

Ces hommes étaient-ils les braconniers ? Elle pinça les lèvres, bien décidée à en avoir le cœur net. Avec Flamme, ils découvriraient la vérité.

9

Lisa contemplait l'eau qui ruisselait sur les vitres. Il avait plu tout l'après-midi. Tante Rose était allée au village animer un atelier de patchwork. Et elle s'ennuyait ferme.

Flamme sauta sur le rebord de la fenêtre. Il donna des coups de patte sur les carreaux et faisait mine de vouloir attraper les gouttes. Elle rit et agita un bout de ficelle pour l'amuser.

—Toi aussi, tu aimerais bien sortir, n'est-ce pas ? J'espère que ce mauvais temps ne va pas durer.

Flamme hocha la tête en plissant son petit museau rose.

— Je ne supporte pas d'avoir le poil mouillé.

Lisa entendit alors frapper à la porte de la cuisine. C'était Manu accompagné de Gadjo.

— Que se passe-t-il ? s'exclama-t-elle en voyant la mine défaite du garçon.

Il était trempé jusqu'aux os et avait le visage blême de colère.

— C'est mon père. On vient de l'arrêter. On l'accuse d'avoir braconné, répondit-il en attachant Gadjo à un arbre.

Il était au bord des larmes.

— C'est affreux ! reconnut Lisa, avant de courir lui chercher une serviette pour qu'il se sèche.

Il se laissa tomber sur une chaise, accablé.

— C'est encore un coup de Robert Lerat. J'en suis sûr. Mais je ne comprends pas. Pourquoi s'en prend-il à mon père ? Il n'a jamais rien eu à lui reprocher.

Lisa se mordilla la lèvre. Elle aurait tellement voulu l'aider. Elle lui offrit une part du délicieux gâteau au chocolat.

—Tiens.

Il retrouva un peu le sourire en mangeant.

— Mémé est furieuse, mais elle est surtout morte d'inquiétude.

Lisa lui parla des hommes qu'elle avait aperçus dans le bois.

— Et ça fait deux fois que je croise cette camionnette bleu marine, ajouta-t-elle. Je l'ai reconnue à son rétroviseur cassé.

Manu se leva et se mit à arpenter la cuisine.

— Ça devait être les braconniers! Les biches sont de grosses bêtes. Il faut au moins une camionnette pour les transporter. Si on allait le dire à M. Carré?

— J'y ai déjà pensé. Mais nous n'avons aucune preuve. Mieux vaut attendre d'être sûrs.

— Tu as raison. Et si les gendarmes commencent à poser des questions au village, ces bandits risquent de se cacher. Ce qui ferait de mon père le principal suspect. Mais comment veux-tu rassembler des preuves?

— J'ai une idée…

Et Lisa lui confia son plan. Elle avait l'intention de retourner dans le bois, le soir même.

— Et à quelle heure veux-tu qu'on se retrouve? demanda-t-il quand elle eut terminé.

— Génial! J'espérais bien que tu viendrais avec moi, s'écria Lisa, rassurée d'affronter les ténèbres inquiétantes du bois en sa compagnie.

—Tu ne penses quand même pas que j'allais te laisser t'amuser toute seule?

Il se leva et sortit dans le jardin pour détacher Gadjo.

— Bon. Rendez-vous à minuit, près du raccourci, derrière la rue aux Baies. Et tu ne fais rien sans moi, promis ?

— Qui, moi ? plaisanta-t-il en lui décochant un sourire espiègle.

Il sauta sur le dos de son poney et repartit vers la route.

— À ce soir, lança-t-il d'un air résolu.

La chambre était plongée dans l'obscurité, à l'exception de la lueur du réveil. Flamme lécha le menton de Lisa et lui chatouilla le nez avec ses moustaches.

Elle bâilla en se frottant les yeux.

— Merci de me réveiller !

— Tout le plaisir est pour moi, ronronna-t-il, tandis que sa fourrure brillait dans le noir.

Il était minuit moins le quart. Il n'y avait pas de temps à perdre. Lisa était tout habillée sous sa couette. Elle attrapa son sac, y glissa son appareil photo jetable, puis descendit sur la pointe des pieds et, suivie de Flamme, sortit de la maison.

Le pleine lune éclairait la nuit. Lisa s'accoutuma rapidement à l'obscurité. Flamme trottinait à côté d'elle. Avec ses yeux de chat, il circulait aussi aisément qu'en plein jour.

— Voilà le chemin, chuchota-t-elle. Oh! Regarde! La camionnette est là-bas, près des buissons.

Le cœur battant, elle s'approcha à pas de loup, Flamme sur les talons. Elle scruta le chemin puis la clairière à la recherche de Manu. Personne !

Flamme dressa les oreilles.

— Il y a du monde dans le bois !

Quelques secondes plus tard, Lisa entendit crier.

— Attrapez-le ! Il nous a vus !

Des ombres bondissaient entre les arbres. Dans un bruit de branches piétinées, quelqu'un courait vers Lisa, hors d'haleine. Un bref instant, une silhouette mince et affolée passa dans le faisceau d'une torche.

Lisa écarquilla les yeux de surprise.

— C'est Manu !

10

Presque aussitôt, Lisa sentit une onde de chaleur la parcourir. Des étincelles argentées crépitaient dans la fourrure de Flamme et ses moustaches scintillaient dans la nuit.

— Personne ne peut te voir, Lisa, chuchota-t-il avant de disparaître dans l'ombre. Sauve Manu !

La fillette poussa un soupir de soulagement. Flamme l'avait rendue invisible, encore une fois !

Manu sortit de la forêt en titubant et s'appuya contre un arbre, grimaçant de douleur à cause

d'un point de côté. Lisa entendait ses poursui-
vants arriver. Ils allaient le rattraper. Elle devait
les détourner de lui à tout prix.

Elle se mit à courir, le cœur battant. Des pico-
tements parcoururent son corps. Une onde de
chaleur la traversa de nouveau. Elle sentit ses
muscles se raidir et elle bondit, s'apercevant avec
stupeur qu'elle s'était transformée en une puissante
lionne, aux griffes acérées. Un félin invisible!
   Les odeurs de la nuit l'assaillirent. Elle distin-
guait la moindre feuille, le plus petit brin d'herbe.

Aucun mouvement ne lui échappait. Les hommes avançaient lentement. Leur souffle sifflait et leurs pas résonnaient.

Lisa surgit derrière le premier et se jeta dans ses jambes. Il s'écroula avec un cri de frayeur. Elle sautait déjà sur le suivant.

— Ohh! cria-t-il en s'effondrant dans les fougères.

Lisa poussa un rugissement triomphal avant de faire trébucher le troisième qui s'étala à plat ventre.

Les trois hommes se relevèrent en jetant des regards affolés autour d'eux.

— Il se passe des trucs pas normaux par ici! fit l'un d'eux.

Lisa s'approcha à pas de loup.

— Grraou! gronda-t-elle.

— Qu'est-ce que c'était?

— J'sais pas, mais j'reste pas là! cria un autre. Retournons à la camionnette!

«Manu est sauvé», songea Lisa. Le moment était venu de rassembler des preuves.

Elle galopa jusqu'à la camionnette qu'elle atteignit bien avant les trois hommes. La porte arrière était ouverte. Son flair de fauve reconnut l'odeur de la mort. Deux biches gisaient dans le fond du véhicule. Elle sauta à l'intérieur. En cherchant son appareil photo, elle réalisa qu'elle avait retrouvé son apparence normale. Le sortilège de Flamme s'était dissipé. Mais était-elle toujours invisible ?

Ce n'était pas le moment de se poser des questions. Elle photographia les biches. Soudain la porte s'ouvrit en grand. Lisa était prête. Elle braqua son appareil sur les visages des braconniers et clic ! clac ! prit deux autres photos.

— C'est quoi ça ! hurla le premier en se couvrant la figure de la main.

— Je ne vois plus rien. Je suis aveuglé ! gémit le second en se cognant dans ses complices.

Lisa en profita pour sauter de la camionnette et courir se cacher derrière un arbre tandis que les bandits démarraient en trombe et prenaient la fuite.

Elle laissa échapper un petit rire nerveux ! Ouf ! Elle avait eu chaud ! Et elle avait adoré se transformer en fauve ! Elle avait hâte d'en parler avec Flamme.

Elle le chercha des yeux. Où était-il passé? Lui qui ne la quittait jamais! Elle suivit le sentier en l'appelant doucement.

— Flamme! Où es-tu?

— Je suis là, répondit une petite voix faible
Il sortit de sous les fougères, apeuré.

Lisa le prit dans ses bras.

— Oh, mais tu trembles!

Elle lui caressa la tête et le serra contre elle.

— Il ne faut pas avoir peur pour moi. Ton sort était génial! Ces horribles bandits sont partis maintenant.

Mais Flamme resta blotti contre elle. Son petit cœur battait la chamade. Et l'inquiétude de Lisa augmenta encore quand il laissa échapper un gémissement.

Au même instant, Manu arriva en courant, couvert de boue, le visage livide.

— Lisa? Où étais-tu passée? Tu as tout raté! Je sais qui sont les braconniers!

Lisa glissa Flamme avec douceur dans son sac. Il y serait au chaud et en sécurité.

— Tu les as bien vus ?

— Oui, j'ai reconnu deux amis de Lerat. Il doit être dans le coup. Pas étonnant qu'il essaie de faire accuser mon père. Ils ont essayé de m'attraper mais je les ai semés.

— Que je suis contente que tu t'en sois tiré ! soupira Lisa, heureuse qu'ils soient sains et saufs tous les deux.

— Le seul problème, c'est que je n'ai pas de preuve. Ce sera ma parole contre la leur.

Lisa tâta machinalement sa poche. Oh, non ! Elle était vide ! Elle avait perdu l'appareil dans les bois !

— Des photos ! s'écria Manu, stupéfait, quand elle lui raconta ce qu'elle avait fait. Tu as eu le temps de prendre des photos ! Mais tu viens juste d'arriver, non ?

Lisa hésita. Elle ne pouvait pas lui parler des pouvoirs magiques de Flamme.

— J'ai vu la camionnette bleue sous les arbres. Et il n'y avait personne autour. Alors j'en ai profité pour photographier les biches entassées à l'arrière. Mais j'ai bien failli me faire prendre !

Manu laissa échapper un sifflement admiratif.

— Ces photos prouveront que mon père est innocent. Il faut absolument retrouver ton appareil. Je vais inspecter l'endroit où était garée la camionnette.

— D'accord, moi je cherche par ici.

Lisa s'engagea sous les arbres et ouvrit son sac.

— Flamme, je t'en prie, aide-moi à retrouver mon appareil. Il faut qu'on rentre vite. Tante Rose sera très inquiète si elle découvre que je suis sortie à une heure pareille.

Flamme leva vers elle un regard apeuré.

— Je dois rester caché. Mes ennemis sont dans les parages. Oui, je sens que les espions de mon oncle Ébène ne sont pas loin.

— Oh, non !

Lisa sentit sa gorge se serrer. Elle comprenait enfin la raison de son étrange comportement.

Flamme était en danger de mort !

11

— Il faut que tu t'en ailles d'ici, Flamme!
Immédiatement! le supplia-t-elle d'une voix
tremblante.

L'idée de perdre son ami lui brisait le cœur.
Mais sa vie était en jeu et elle savait qu'il devait
partir.

Flamme secoua la tête. Il avait le regard éteint,
la fourrure terne.

— Je suis trop faible. Il me faut toutes mes
forces pour trouver une autre cachette.

Lisa refoula ses larmes, secrètement soulagée de pouvoir le garder encore tout en tremblant pour sa sécurité. Elle caressa ses petites oreilles duveteuses.

— Je t'en prie, ne prends pas de risque. Je ne supporterais pas qu'il t'arrive malheur.

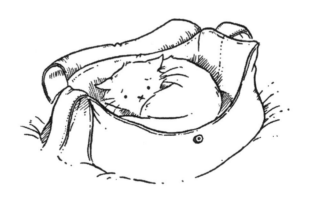

Il tourna la tête et frotta le bout de son nez contre l'index de Lisa.

— Il faut retrouver ton appareil.

Lisa sentit un picotement et de la chaleur parcourir son index. Le bout se mit à luire. Elle sut aussitôt ce qu'elle devait faire.

Flamme se roula de nouveau sur lui-même et Lisa vit avec angoisse que seules de rares étincelles parcouraient sa fourrure.

Il n'y avait pas une seconde à perdre. Lisa mit son sac en bandoulière et scruta le sous-bois en se servant de son doigt pour se guider. Elle écarta les feuilles mortes, souleva les branchages. Tandis qu'elle se dirigeait vers un taillis, son doigt cessa de briller.

«Je dois refroidir», songea-t-elle.

Elle fit demi-tour et revint vers un bouquet de bouleaux et son doigt se ralluma.

«Par ici, je chauffe.»

Elle continua à chercher en surveillant son doigt. Une étincelle en jaillit alors qu'elle s'approchait d'une touffe de fougères.

— Là, je brûle! s'exclama-t-elle.

Elle écarta les feuilles. Génial! Son appareil était là!

Elle le ramassa et courut rejoindre Manu.

Il fouillait les hautes herbes le long du chemin. Il se redressa en voyant Lisa brandir son appareil. Un grand sourire éclaira son visage.

—Tu l'as retrouvé? Excellent! Je ferai développer la pellicule à la première heure, demain matin. Et avec Mémé, nous irons trouver M. Carré. J'ai hâte de voir sa réaction devant ces photos! Mille mercis, Lisa.

— Nous sommes ravis d'avoir pu t'aider, répondit-elle en rougissant.

— Nous? s'étonna-t-il.

— Flamme et moi.

Manu éclata de rire.

—Ah oui! Merci, Flamme. Il vaut mieux que vous rentriez maintenant. Ta tante me tuerait si jamais elle découvrait que tu as fait le mur pour venir me rejoindre!

Lisa lui dit au revoir de la main et se hâta de rentrer.

Elle ne vit pas les ombres sinistres qui la suivaient derrière les arbres. Deux fauves noirs apparurent un bref instant. L'un d'eux huma l'air.

— Le prince n'est pas loin. Nous nous rapprochons…

Lisa poussa la porte de la cuisine et se glissa dans la maison, toujours plongée dans l'obscurité.

— Ouf, on a réussi! soupira-t-elle, quand elle referma la porte de sa chambre.

Après toutes ces émotions, elle se sentait vraiment fatiguée. Flamme sauta sur le lit et se lova contre elle. Il frotta le bout froid de son petit museau rose contre son menton.

— Tu es une véritable amie, Lisa, ronronna-t-il Je ne t'oublierai jamais.

Un immense chagrin serra la gorge de Lisa. Elle refoula bravement les larmes qui lui montaient aux yeux.

— Moi, non plus. J'ai passé des moments merveilleux avec toi, Flamme. Mais je sais que tu vas devoir bientôt me quitter.

— Oui, bientôt, acquiesça-t-il avec tristesse avant de se serrer contre elle.

Quelques secondes plus tard, Lisa s'endormit d'un sommeil de plomb.

Le lendemain, Lisa s'affairait dans la grange en essayant de ne pas penser au départ de Flamme. Pourtant elle aurait dû être contente : elle avait appris par sa tante que Lerat et ses amis avaient été arrêtés. Mais elle etait désolée à l'idée de perdre son ami. Il était assis sur le sac où elle l'avait découvert, aux aguets. Il n'arrêtait pas de humer l'air, flairant ses ennemis.

Lisa avait les bras pleins de foin lorsqu'elle entendit Rose l'appeler.

— Lisa ! Une visite pour toi !

Elle sortit et vit sa tante venir vers la grange en compagnie d'un couple.

— Maman ! Papa ! s'écria-t-elle, folle de joie en courant se jeter dans leurs bras. Qu'est-ce que vous faites là ?

Mme Moreau éclata de rire.

— Tu nous manquais tellement que nous avons décidé de rentrer plus tôt. Et Rose nous a proposé de passer quelques jours ici avant de rejoindre Lyon.

— Ça ne t'ennuie pas, ma chérie ? demanda son père, un peu inquiet. Je sais que tu n'apprécies pas beaucoup la campagne.

À ces mots, Lisa réalisa qu'elle s'était beaucoup amusée. Surtout grâce à Flamme, bien sûr. Elle s'apprêtait à dire à ses parents qu'elle avait passé des vacances géniales quand elle vit un rai de lumière monter du sac où était couché le chaton.

— Si vous alliez m'attendre à la cuisine, dit-elle précipitamment. Je finis de nourrir les animaux et je vous rejoins.

— Laissons-la, dit Rose en entraînant sa sœur et son beau-frère. Elle tient à s'occuper seule des animaux. Et je dois avouer qu'elle m'a beaucoup aidée.

— C'est vrai? C'était bien la peine de nous faire une telle comédie quand nous l'avons mise dans le train, la semaine dernière! s'exclama le père de Lisa.

— Je ne m'attendais pas à la retrouver avec une mine pareille! ajouta sa mère. À tout de suite, ma chérie, lança-t-elle en se retournant.

Dès qu'ils eurent disparu, Lisa se précipita vers le fond de la grange.

Elle s'arrêta, stupéfaite.

Un lionceau blanc, aux yeux vert émeraude étincelants, se dressait devant elle. Sa fourrure et ses moustaches scintillaient de mille feux. Le prince Flamme ne se cachait plus sous les traits d'un chaton angora. À côté de lui se tenait un lion gris, visiblement âgé, au visage empreint de sagesse.

Tandis qu'elle les regardait, un nuage d'étincelles argentées s'éleva dans l'air. Le prince Flamme agita sa patte en signe d'adieu, un doux sourire dans les yeux.

— Porte-toi bien. Sois forte, Lisa, dit-il d'une voix puissante.

Puis il disparut.

Lisa resta pétrifiée, submergée de chagrin. Où allait-il pouvoir se cacher maintenant? Parviendrait-il à échapper aux espions de son oncle? Réussirait-il un jour à régner sur son mystérieux royaume magique?

— Au revoir, prince Flamme, murmura-t-elle.

Sois prudent. Fais attention à toi. Je ne t'oublierai jamais.

Elle resta là un long moment en train de penser à la merveilleuse aventure qu'ils avaient partagée. Elle se sentait triste, mais ne regrettait rien.

Elle inspira profondément. Ses parents l'attendaient. Elle ne pourrait jamais leur parler de Flamme. Elle garderait ce secret au fond de son cœur. Il lui restait encore beaucoup de choses à leur raconter. Et elle avait hâte de leur présenter Manu et Gadjo.

les chatons magiques

Livre 2

Une aide bien précieuse

Flamme doit trouver une nouvelle amie!

Soudain la solitude de Camille, au pensionnat, se trouve illuminée par l'apparition d'un adorable chaton angora, noir et blanc, doté de pouvoirs magiques...

Les chatons magiques

Livre 3

Entre chats

Flamme doit trouver une nouvelle amie !

C'est ainsi que les rêves de Julie deviennent réalité : un chaton tigré débarque dans sa vie...

les chatons magiques

Livre 4

Chamailleries

Flamme doit trouver une nouvelle amie !

Jade a bien du mal à supporter son affreuse cousine, quand un chaton tigré l'adopte...

Ouvrage composé par
PCA - 44400 REZÉ

Cet ouvrage a été imprimé en France par

à Saint-Amand-Montrond (Cher)
en mars 2013

N° d'impression : 124928.
Dépôt légal : mai 2008.
Suite du premier tirage : avril 2013.

Pocket Jeunesse, une marque d'Univers Poche,
est un éditeur qui s'engage pour
la préservation de son environnement
et qui utilise du papier fabriqué à partir
de bois provenant de forêts gérées
de manière responsable.

12, avenue d'Italie – 75627 PARIS Cedex 13